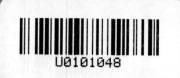

暴风雨

Baofengyu

出 品 人：柳　漾
项目主管：石诗瑶
策划编辑：柳　漾
责任编辑：陈诗艺
助理编辑：闫　函
责任美编：赵英凯
责任技编：李春林

图书在版编目（CIP）数据

暴风雨／（美）亚瑟•盖瑟特著、绘；柳漾译．一桂林：广西师范大学出版社，2019.1
（魔法象．图画书王国）
书名原文：Thunderstorm
ISBN 978-7-5598-0917-9

Ⅰ．①暴… Ⅱ．①亚…②柳… Ⅲ．①儿童故事－图画故事－美国－现代 Ⅳ．①I712.85

中国版本图书馆 CIP 数据核字（2018）第 119557 号

广西师范大学出版社出版发行
（广西桂林市五里店路 9 号　邮政编码：541004
网址：http://www.bbtpress.com）
出版人：张艺兵
全国新华书店经销
北京盛通印刷股份有限公司印刷
（北京经济技术开发区经海三路 18 号　邮政编码：100176）
开本：889 mm × 1 360 mm　1/12
印张：$2\frac{8}{12}$　　插页：8　　字数：23 千字
2019 年 1 月第 1 版　2019 年 1 月第 1 次印刷
定价：42. 80 元

献给我的父亲伦纳德·盖瑟特。

暴风雨

［美］亚瑟·盖瑟特／著·绘　柳漾／译

GUANGXI NORMAL UNIVERSITY PRESS
广西师范大学出版社
·桂林·

7月15日，星期六，下午12点15分

下午12点20分

下午12点55分

下午1点8分

下午1点40分

下午2点25分

下午2点35分

下午2点50分

下午3点

下午3点45分

下午3点51分

下午3点53分

下午4点30分

下午6点5分

下午6点15分